KB082345

작은숲시선 042

야자를 부탁해

2024년 8월 12일 제1판 제1쇄 발행

지은이 조재도
펴낸이 강봉구

펴낸곳 도서출판 작은숲
등록번호 제406-2013-000081호
주소 경기도 파주시 와석순환로 307, 1107-101
전화 070-4067-8560
팩스 0505-499-8560
홈페이지 http://www.littleforestpublish.co.kr
이메일 littlef2010@naver.com

ⓒ 조재도

ISBN 979-11-6035-156-9 03810
값은 뒤표지에 있습니다.

작은숲시선 042

조재도 시집

약자를
부탁해

약자를
부탁해

작은숲

| 시인의 말 |

16번째 시집이다.
시 80편을 담았다.

유통기한이 다 되었는지
점점 폐기 직전으로 내몰리는 말이 있다.
조국, 민족, 통일, 고향, 민중, 계급 같은 말이 그렇다.
젊은이들은 아예 입에 올리지도 않고
나이든 노친들도 고리타분하게 여긴다.
나부터도 이 시집에서 민중이란 말 대신
약자라는 말을 쓰고 있다.
시대의 흐름인가, 함정인가.

| 차례 |

1부

2부

3부

4부

5부

1부

약자를 부탁해

약자가 강자에게 한 방 먹일 때
우린 벌떡 일어나 박수를 친다

약자의 펀치에 강자가 쓰러질 때
사람들은 묘한 쾌감에 젖는다
혁명도 권투도
홍길동도 그렇다

평소엔 개미처럼
보일락 말락 찌그러져 있는 약자들이
떼를 이루면
코끼리도 뼈만 남는다

약자를 부탁해
그 누구도 아닌
약자인 너에게 약자를 부탁해

밥

밥은 아궁이에서
전기밥솥으로
공장 밥으로 발달해 왔다

그러는 동안
아버지 어머니 세대가 가고
우리 세대가 가려고 한다

밥은 너무 외로워
집을 나와버렸다

편의점 마트에서
팔리길 기다리는 밥

공장 밥은 안 먹는다면서
오늘도 햇반을 먹는다

주머니 난로

주머니 난로가 한 개밖에 없다

할머니, 이거 할머니 갖고 가
단발머리 소녀가 박꽃처럼 말하자

아녀, 니가 갖고 가, 어제보다 오늘이 훨씬 더 춰
좌판 장사 할머니가 말했다

서로의 심장을 어루만지는
간절한 눈빛

유리창에 영하 18도 추위가
허옇게 얼어붙어 있다

생필품

어느 날은 쌀
어느 날은 커피
어느 날은 세제 화장지
어느 날은 담배
어느 날은 콩나물 생리대
라면 삼겹살 상추 비누 치약 쓰레기봉투 두부 어묵
소주 캔맥주, 따위

퇴근길
봉지에 담기는
자잘한 것들

주여
무엇이 이토록 우리를 지속가능하게 하겠습니까

속수무책

파고드는 나무뿌리에
바윗덩이도 속수무책

기어오르는 담쟁이덩굴에
높은 담벼락도 속수무책

아무리 달걀로 바위 치기라지만
속수무책은 있는 거라

연한 실뿌리 뻗고 뻗어
어느 날 화분을 와지끈 깬다

현장

사고 현장의
비명은 순간이지만
목숨은 영원하다

시간이 아무리 흘러도
마르지 않는 눈물이 있다
영혼을 사납게 할퀸
그날의 눈물은 마르지 않는다

떨어져 죽고
끼여 죽고
잘리고 부러지고
나뒹구는 안전모

어떤 뿌리는
불에 탄 뒤에도

그 숲에 대해 말하고 있다

어떤 벌레는 죽어서까지
그 땅의 척박함을 증거하고 있다

비명으로 떨어진 눈물은
아무리 시간이 가도 마르지 않는다

톰슨가젤

제 목을 사자에게 내어주고
서서히 늘어지는 톰슨가젤
살아남은 동료들은 먼발치에서
촉촉한 눈빛으로 바라만 본다

오늘도 바닥난 통장 잔액
밀린 집세와 공과금 뭉치
죄송합니다, 메모 한 장 남기고
삶의 끈을 놓아버린 이들
헐떡이는 마지막 숨에
죽음을 재촉하는 찬비가 내리고

사자와 가젤을 1:1로 두는 이상 그곳은 정글
게임은 고사하고 애초부터
눈마저 마주칠 수 없는 피의 정글

죽긴 왜 죽어, 죽을 힘 있으면
약자들끼리 연대라도 해야지
(그러나 연대도 힘이 있어야 하는 것)

목숨을 다해 도망치다 목숨을 잃은
톰슨가젤
먼발치 아무 일 없다는 듯 다시 풀을 뜯는
피의 공화국

알통

잘 다듬어진 근육에 비해
알통은 약자다

헬스장 전문 트레이너에 관리되는
세련된 근육은
막노동에 울툭불툭 제멋대로 솟은
알통에 비해 강자다

그러나 근육은
풍선처럼 부풀었다 빠지면 쭈글댄다
알통은 부릉부릉 생활의 전기톱을 돌린다

근육은 보여주기 위한 것이지만
알통은 삶의 구릿빛 생존이다

오줌권

서울 가면
오줌 눌 데가 마땅치 않다
지난번에도 충무로에서 신촌 가는데
오줌보가 팅팅 불었다
아랫배에 힘 빡 주고 올라간
화장실은 잠겨 있고
갈수록 사태는 급박
환장 된장에 비틀대며 걷다가
에라 모르겠다 아무 카페나 들어갔다
서울은 잘 들어라
편히 오줌 쌀 권리를 보장하라

용돈

오늘은 용돈으로 샌달을 샀다
3만 6천 원이니 용돈치곤 많이 들었다
한 3년 신을 걸 생각하니
일 년에 1만 원씩 들어가는 셈이다
그러니까 한 달에 1천 원 꼴인 셈이다
술자리도 줄고 담배도 안 피우고
책도 가끔가다 헌책 사니
그 정도는 내게 큰돈이다
가끔 권정생 선생을 생각한다
통장에 돈이 있는데도
오두막에서 무명이불 덮고 잔
표나지 않게 혼자 웃었을
웃음을 생각한다

석양 무렵

벤츠 한 대 길가에 스르르 선다
선글라스에 담비 모피의 여자
차에서 내려
바가지에 담긴 고구마 보고
얼마예요
천 원만 깎아줘요
안 된다는 말에
팩 돌아서 차에 오른다
뺨 한 대 오지게 맞은 석양이
얼굴 붉힌다

SNS 시대

시대가 점점 폐색閉塞되고 있다
소통을 위한 SNS가 늘고
서정시가 넘쳐나지만
전쟁을 위한 호전적 언사가
둑을 넘고 있다

자유로운가 평화로운가
아무 선택의 권리가 없는
약자들은 보고도 못 본 척
듣고도 못 들은 척

그사이 전쟁의 발자국은
저벅저벅 우리 곁에 온다

전쟁을 기획하는 자들은
살아남겠지

무기를 파는 전쟁 장사치들은
돈을 벌겠지

무기력한 약자들만 피를 흘리며
전쟁을 수행하지만
죽으며 고꾸라지며 흘리는
붉은 피로
저들의 과오를 씻을 수 있을까

다른 건 몰라도
전쟁광들의 과오는 씻을 수 없다
아무리 SNS가 넘쳐나도
세월이 흘러 빗물에 다 씻겨도
전쟁광들의 과오는 용서할 수 없다

돈이 열린 나무

가을 산 낙엽은
오만 원권 지폐
간밤 돈 신이 나를 위해
돈다발을 뿌려 놓았나

저 돈 다 줍는데 얼마나 걸릴래나
저 돈 다 주우면 이재용보다 부잘래나
저 돈 다 쓰는데 얼마나 걸릴래나
저 돈 평생 써도 다 못 쓸 걸 하는데

홧홧홧!
돈에 미쳐도 단단히 미쳤구나 하여
깜짝 놀라 눈 들어 올려다보니
굴참나무님께서 옛다 이놈아 돈 하며
크고 누런 오만 원짜리 한 장
툭 떨어뜨려 주시는 것이었다

종교인

공장과 함께
교회도 늘었다

한국도 그렇고
세계도 그렇다

종교도 사회 활동의 하나인지라
시간이 가면서 여러 분파로 쪼개졌다

유독 한국의 십자가는
한쪽으로 기울었다

이제 어떤 종교를 갖느냐 보다
종교적인 사람으로 사는 일이
더 중요한 시대다

떠나기 전에

- 고 송성영에게

이혼하고
객지에서 암 투병하고 있는 후배에게
문자가 왔다

형님, 떠나기 전에 뵐 날이 있겠지요

떠나기 전에…,

우린 이 말에 얼마나 목이 메는가

죽기 전
아직 볼 날이 있을 거라는
그렇게 쉽게 금방 죽지 않을 거라는
인간의 하염없는 염원에

그러나 계단을 헛디딘 발처럼

움푹 꺼진 허방에 순식간에 떨어져

그렇게 너는 가고 말았구나
빗속을 날던 나비
그예 땅에 떨어졌구나

병과 약

오늘도
암 검진 안내문자를 받았다

암 검진 해야 하나 안 해야 하나

암으로 판정되는 순간
사람은 공포로 반은 죽는다
치료의 굴레를 벗어날 수 없다

그러다 죽는다
현대 의료시스템의 약자가 되어
약에 절어서

약은 넘치는데
병은 줄지 않는다

2부

수돗물

부자들이
샤워하고 걸레 빨고 강아지나 씻기는
수돗물을
냄비에 주전자에 받아
국 끓이고 커피 물 끓이는
사람들이 안쓰러워
오늘도 수돗물은 개수대를
황급히 빠져나간다

화장실족族

시험 끝나면 너는 강자였다
공부를 잘했으니까

쉬는 시간에는 네가 강자였다
주먹이 셌으니까

공부 못하고 싸움도 못 하는
우린 화장실족

갈 곳 없는 피난처 화장실에서
젖은 두루마리 화장지처럼
기죽어 지냈다

혀

나이 들수록
세월에 마모된 날카로운 이빨에
혀가 자주 씹힌다
입이라는 한집에
세 들어 살면서
혀에 대한 이빨의 괄시가 심하다
이눔아 너무 그러지 마라
나중에 너는 다 빠지고
혀만 남으니

복잡성

사자는 일직선으로 뛰지만
가젤은 지그재그로 뛴다

고양이는 쥐를 잡으면 칭찬받지만
병아리를 먹으면 쫓겨난다

지난가을 진 잎들이
새봄이 되어서도
떠나지 못한 채 나무 밑을 맴돈다

강자는 단순하게 살고
약자는 신경 쓸 일이 너무 많다

흰 고무신

저벅저벅 걷는 군화는
전투용
찍어 누르고 쪼인트 까기 딱 좋다

논두렁에 벗어놓은
흰 고무신
햇살 환하게 끌어당기는
흰 고무신

이눔들아
그래두 내가 니눔들 다 멕여 살렸어

수직

놓아 기른 닭들은 영물인가

여름엔 제법 들로 산으로 쏘다니던 것들이
겨울이 되자 인가 쪽으로 내려온다
먹이 찾아 내려오는 산짐승들 피해
마을로 마을로 가능한 가깝게 내려오는 것인데
그러다 어느 한 지점
짐승도 사람의 손도 닿지 않을

중립의 평화지대

그 어름에서
닭들은 나무에 오른다, 저녁이면 홰대에 오르듯
퇴화된 날개 원망하지 않고
비정규직 노동자처럼
불법체류자처럼

파다다다닥
푸더더더덕

날아오른다, 위로 더 위로
죽을 동 살 동 수직의 벼랑 기어올라
목숨의 안전 도모하는 것이다

분재

― 폭력의 내재성

어린 나뭇가지 휘어 감은 철사가
악착같이 가지를 비틀고 있다
꺾이고 휘느라
질러대는 하얀 비명
죽을 힘 다해 버틴 나뭇가지는
이제
뒤틀린 팔다리가 오히려 편함

배추의 눈

김장배추 절일 때
굵은 소금 듬뿍 집어
쩍 가른, 속 노란 배추에
술술 뿌리면서

소금이 배추 눈에 들어가면
얼마나 쓰리겠냐
그러니 어차피 뿌릴 건 뿌리더라도
배추 눈에는 안 들어가게
조심히 뿌려야 한다는

사점댁 농담에
눈발 날리는 초겨울
코끝이 빨갛게 언
고무장갑 아줌마들 얼굴이 즐겁다

둥근 벽

화장실 변기에
귀뚜라미 한 마리 빠져 있다
필사의 힘으로 오르고 또 올라도
발밑에 남는 건 익사의 물무늬뿐

둥근 벽은
죽음이다

이 차갑고 미끌거리는 벽 앞에
밤새 밀어내고 또 밀어냈을
헛발질

나는 급히 나무젓가락으로
하얀 생의 비명을 건져 올렸다
물 먹어 울지도 못하는 어린 것
맥없이 축 늘어진 그것을

보드라운 휴지에 놓아도 움직임이 없다

놀람인지 흐느낌인지
오줌 같은 물기가 축축이 번지고 있다

꽁초

꽁초를 찾던 젊은 날이 있었다
손끝이 뜨겁도록 빨아대던
그 간절함
수북한 재떨이에 파묻혀
나의 간택을 기다리던 짧은 눈빛들
마지막 몸을 장렬히 태우던
꽁초의 그 쓰디쓴 맛이
나를 중년을 지나 노년에까지 옮겨 놓았다

자전거 안장

손바닥 두 쪽만 한
자전거 안장
널찍하고 푹신한 천연 소가죽
자동차 시트보다 불편하지만

오솔길
새 소리 바람 소리
차르르 바퀴에 감기는
은빛 햇살

터질 듯 팽팽한 허벅지 근육
머리칼 헤치는 산들바람
경쾌하게 달리는 자전거의 맛을
가래 끓는 자동차는 알 수 없지

왕겨

벼가 품고 있던 쌀알은 어디 갔나
한여름 밤의 폭우와
목덜미 태우던 쨍쨍한 가을볕 아래
깨물면 앞이빨이 깨질 듯 단단히 여문
옹골찬 쌀 톨은 어디 갔나
방앗간에서 껍질 벗겨진 후
남은 왕겨야
네가 보듬어 키운 흰 쌀은 어디 있니
자루에 담겨 모닥불을 피우거나
소 돼지우리 바닥에 깔려
가축의 똥오줌에 섞여 거름으로나 나가는
이 나라 늙은 농민들이여

수족관

우리도 쉴 곳이 필요해요
우린 사방으로 발가벗겨져 있어요
바라보는 눈빛이 너무 많아요
우리만의 공간이 아쉬워요
겉으로 볼 땐 유유히 헤엄치는 것 같지만
매일 물속에 떠 있기 힘들어요
잠시라도 돌 틈에서 쉬고 싶어요
수초 사이 눕고도 싶구요
사방팔방 바라보는 눈빛을 피해
잠시라도 그늘에 가려지고 싶어요
매일 쓸고 닦는 청소노동자
우리도 씻을 곳이 필요해요

나도 디저트를 먹고 싶었다

어머니 디저트는 찬물 한 대접이었다
벌컥벌컥 서너 모금에 한 대접 다 마시면
그걸로 식사 끝
벌떡 일어나 상 치우고 일하러 가셨다

나도 식사 후 디저트를 먹고 싶었다
가족들이 둘러앉아
디저트를 먹으며
봄비처럼 조용조용 이야기도 나누고
개나리꽃 웃음으로 웃고 싶었다
그렇게 우리 집도 화목 단란해서
부드럽고 세련되고 교양 있고 싶었다

오늘 나도 디저트를 먹는다
혼밥 후
제주 한라봉 하나 까먹는다

등

동물의 세계에서
등을 보이면 죽음이다
하다못해 짖는 개라도
등을 보이며 도망가면
사정없이 달려든다

확실히 등은 약자다
등에는 공격 무기가 없다
주먹도 없고 물어뜯을 이빨도 없고
쏘아보는 눈총도 없다

천연스레 등을 보이며
술래잡기하는 술래야
저녁나절 한때
세상의 이치 뒤집어버린 유쾌함이여

허들

저 허들을 넘어야 해

3개월
6개월
9개월
1년

쪼개어 맺는
임시 계약직
저 허들을 넘어야 해

노조도 인권도
허들 앞에선
남의 나라 이야기

저리 가

쓸데없는 소리 마

무조건 저 허들부터

넘고 봐야 해

시멘트

시멘트처럼 정력이 셌으면 좋겠다
시멘트처럼 성기가 우뚝우뚝 발기하면 좋겠다
엊그제만 해도 허허벌판이었는데
여기저기 불쑥불쑥 오르는 건물들
시멘트 같은 번식능력이 있으면 좋겠다
누가 저 시멘트의 거대한 성기에
콘돔을 씌웠으면 좋겠다

평화로웠으면

모든 사람이 평화로웠으면
특히 청소년과 어린이 우는 아기가
평화로웠으면
힘없고 돈 없고 지위와 직업 없는
약자들이 평화로웠으면

국가 간의 평화, 마음의 평화
다 좋지만
평화의 핵심은
약자들의 평화

이 말은 약자들이 평화롭지 않으면
거짓 평화
잘못된 평화
힘 있는 자들만이 누리는 자기들만의 평화

때린 사람은 잊지만
맞은 사람은 잊지 못하는 세상에서
아, 약자들의 평화는 정녕 꿈인가

3부

늙은 호박

아파트 정문 앞 노점
늙은 호박에 랩을 감아 놓았다

왜 이렇게 했어요
늙은이가 추우면 감기들어

예?
늙은이가 추우면 감기 든다구

순대국밥

아직 겨울인 사람들이
싸구려 오리털 파카에 웅크린 사람들이
입 쩍 벌리고
순대국밥 밀어 넣는다

일터에서 얼었던 몸이
소주 한 잔에 후끈 녹는다

후 –
그제야 졸라맨 허리띠
한 칸 더 푼다

뉴스를 보며

뉴스를 본다
생소한 내용이라
휴대폰 인터넷으로 찾아보려는데
벌써 다음 뉴스로 바뀐다
나는 그 뉴스가 끝났는데도
헷갈린다 멍하다 이해하지도 못한 채
그냥 넘어간다
세상은 문제 하나를 오래 붙들지 못하게 한다
갈수록 뉴스에서 육하원칙도 사라지고
화면 몇 장에
뉴스 끝
나는 뉴스의 약자가 되어
여전히 지나간 뉴스에서 서성인다

낙화

얼마나 많은 꽃들이
밤새 비바람에
머리끄덩이 잡혀
몸부림쳤던가
다음 날 아침 사람들은
꽃이 다 졌네, 쉽게 말하지만
낙화에 남아 있는
핏빛 난투의 흔적

흉터

식당 아줌마가
자기 팔을 보라고 한다
손목 팔뚝 손가락 손등
흉터투성이다
돈이 찍어놓은
생활의 자국
저 욱신대는 불의 흉터를 먹고
제 몸에 또 다른 흉터를 냈을 사람들
그렇다, 흉터는 먹고사는 일이 찍어놓은
검붉은 인장印章이다

떼

눈송이 하나의 가벼움

벌 한 마리의 비행

빗방울 하나의 하찮음

흘린 쌀 한 톨

풀잎에 맺힌 물방울 하나가

떼!

떼를 이루면

사태, 봉기, 수마水魔, 함성, 질주가 된다

쪽방 있음

밥은 딴 데서 먹고
씻기도 다른 데서 씻고
들어와 잠만 잘 분
보증금 500 월세 40

참는다

사람도 없는 빈방에
혼자 돌아가는 선풍기가
사다 놓은 지 보름도 더 지난
냉장고 속 두부가
3년째 옷장에 걸려
한 번도 입지 않는 티셔츠가
벗어놓고 빨지 않은 빨래 뭉치가
나사가 풀려 삐걱대는 식탁 의자가
칼금이 무수히 가 있는 도마가
험한 욕도 다 들어주는 전화기가
80시간도 더 지난 밥솥의 타이머가
참는다
인간만이 참는 게 아니다

북어

경찰관 입회하에 문이 열리고
고여 있던 방안의 악취가 빠져나간 후

바짝 마른
북어 한 마리
쥐가 갉았는지
지느러미 하나가 없다

고향 땅
엄마가 보고 싶어
엄마의 무덤 찾아
헤엄쳐 갔는지 모른다

독립서점

왜 책방 이름이
허송세월이냐고 묻자
청년의 귀밑이 빨개졌다

등단은 염두에 두지 않고
소설을 쓴다고 했다

독립서점이라는데
일주일에 오육일
문이 닫혀 있다

시내 대형서점은
인산인해인데

내려진 셔터 앞
동네 고양이가 조은다

로봇 밀도

노동자 1만 명 당 로봇의 대수인
로봇 밀도
우리나라는 932대로
세계 평균 126대의 7.4배, 세계 1위다
세계 1위가 우리나라에 참 많다
자살률 노인빈곤율 이런 말을 하려는 게 아니다
러브호텔
교회
시인
음지에서 피어나는 치정의 뜨거운 사랑과
9원을 주실려면 1원을 보태 10원을 주시옵고
싸구려 서정시들이 넘쳐나는 세계 1위 국가
로봇이 보다못해 기절초풍한다

파장波長

예초기 칼날에
뱀이 두 동강 났다

토막 난 채
퍼덕이고 요동쳤다

컥!
순간 어떤 강렬한 파장에
내 몸이 번개 같은 금이 갔다
몸이 굳어 움직일 수 없다

칼날은 닦을 수 있지만
뱀은 이어붙일 수 없다

층간 소음

아래 윗집
층간 소음이 심하다

따지고 달래고 협박도 해 보지만
답이 없긴 마찬가지
벌써 오래된 일이다

성질 같아서는 확, 하다가도
말이 쉽지 다른 데로 이사 갈 수도 없다

어차피 같이 살아야 하는데
하루하루 피를 말린다

38선 위와 아래
남과 북

문신

나비 날개에 있는 무서운 무늬는
새가 두려운 약자의 문신

목욕탕에서
용 두 마리 얽혀 있는 등을 보았다
실수로 물을 튀겼는데
두 마리 용이 불을 뿜으려 했다

나는 조폭의 약자였고
조폭은 또 다른 새의 약자였다

투명 아파트

1

입주민은 넘쳤다
무의탁 독거노인부터
아들딸이 상의해 모셔온
노인들까지

모든 벽과 칸막이가 투명하게 된
투명 아파트에서 그들은 살았다
남자든
여자든
사생활이란 거추장스러운
속옷일 뿐이었다

2

한눈에 파악되는
일사불란한 내부 구조
CCTV 몇 대가
비정한 검은 눈을 돌리며
아래위를 훑었다

어제는 행복동 403호가 화장실에서 넘어졌다
오늘 아침엔 장수동 216호의 뇌혈관이 터졌다

3

외부와 철저히 차단된
투명 아파트 외벽에

그림이 그려져 있다
한가로이 흰 구름이 떠 있고
무성한 숲 나무 아래
할머니 할아버지 하얀 이 드러내고
마음껏 웃는 그림

4

제발 나 좀 죽게 내버려 둬
노인들의 신음 소리

오늘도 혈관마다 링거 바늘이 꽂히고
죽고 싶어도
마음대로 죽을 수 없는
벌거벗은 생의 저주

위층에 누운 사람을
빤히 올려다보는
아래층 불면의 사람들

비닐 한 장

시장 골목 할머니 햇오이 서너 무더기 앞에 놓고 앉았다. 좌판도 없다. 맨바닥이다. 칠십 평생 닳은 몸 오늘은 여기 배추포기로 앉았다. 오이 다섯 개에 삼천 원 덤으로 하나 더, 비닐봉지에 담으며 호플짝 웃으신다. 얼굴 가득 물결치는 주름, 주름살이 할머니 하루 한때의 즐거움을 꽉 붙들어 맨다. 어째 이리 날바닥이냐 하니, 날바닥은유? 여기 이렇게 장판 깔았잖유?, 하여 보니 투명한 비닐 신문지만 하게 찢어 깔았다. 사람이 먹는 걸 워치게 맨바닥에 놓는대유? 그러면서 할머니 손자 얼굴 쓰다듬듯 손으로 썩썩 구겨진 비닐 판판하게 편다. 한여름 무더위 찐득거리는 시장, 삼천 원 입장료 내고 할머니의 속 깊은 내전內殿에 들어갔다 나온다

4부

달팽이 배짱

달팽이 느리다고
등 떠밀지 마라
아무 힘 없는 달팽이
화나면 그 자리에 우뚝 서
꿈쩍 안 한다

알바

오늘도 숨 가쁘게 세상에 의자를 내놓았습니다
내가 앉을 의자는 없었습니다

점등

외출할 때
집에 불을 켜놓고 나가세요
전기세 아낀다고
사람도 없는 집에 불을 왜 켜놓냐고
그런 말 하지 마세요
돌아올 때 어두운 밤
집에 불이라도 켜져 있으면
꽃등처럼 환한 집이 반가울 테니
조금은 덜 쓸쓸할 테니

새

전선 위
죽죽 내리는 장대비 다 맞고 있는 새

굳은 듯 고개도 돌리지 않고 날개도 펴지 않고
등 돌리고 있는 새

눈물
덩어리의 새

왜 그러니
무슨 일 있니
묻고 싶은 새

옆에 앉아
같이 비 맞아 주고 싶은 새

서운한 마음

내가 한 만큼
세상의 보답이 없으면
마음이 서운해진다
그럴 때 술 먹고 징징대지 말고
냅다 길가의 깡통이라도 차라

나를 이용해 먹으려는
놈의 마음이 읽힐 때
니가 그럴 수 있냐 없냐
멱살 잡지 말고
그런 자식 아예 상종을 마라

그 부부

전생의 원수가
이 세상에 부부로 만난다는 말이 있다

그 말이 맞는갑다
그러지 않으면
그렇게 싸우고 울고 뛰쳐나가고
이혼도 안 하면서 늙어서까지
원수로 살았을까

그 부부 죽어서까지
같은 무덤에 묻혔다
참 묘한 일이다

10원짜리 동전

카드를 안 쓰고 종이돈을 쓰니
10원짜리 동전이 모인다

열 개를 모으면 백 원인데
거의 쓸모가 없다

그래도 없으면 안 된다
만 원 내고
80원 거슬러 받을 때도 있다

그럴 때 10원짜리 동전은
흥부네 자식처럼
주머니 속에서 작은 얼굴을
보비작거린다

큰돈만이 돈이 아니다
돈은 10원짜리 동전에서 시작된다

지렁이

흙 속에서
흙 밥 먹고
흙 똥 싸다
비가 와, 지하에 물이 차
땅에 올라왔더니
아
흙이 없구나

다정 多情

너의 말 한마디가
누군가의 가슴을 따뜻하게 한다면

너의 마음 한 조각이
누군가에게 오늘을 살아갈 용기를 준다면

너의 부드러운 눈길이
누군가의 눈빛을 반짝 빛나게 한다면

그 누군가가
멀리 있는 사람이 아닌
바로 옆 사람
너와 늘 함께 하는 사람이라면

열정보다 소중한 다정
오늘도 다정해라, 그게 삶이다

얼음 막

친구는 장애인이었다
엄마는 그런 애하고 놀지 말라고 했다
가만있어도 얼굴이 씰룩거리고
머리를 흔들었다

우린 친구였다
다른 아이들은 멀리했지만
나는 그 친구가 좋았다

중학교에 들어가
무슨 일로 다툴 때
나도 모르게 튀어나온 한 마디
병신 새끼

순간 친구의 눈빛이 얼어붙었다
날아가던 나비가 그 자리에 얼어 바스라졌다

모든 말과 숨결과 심장의 박동까지
그 자리에 하얗게 얼어버렸다

얼음 막이 풀리고서도
우린 지금까지 다시 만나지 않았다

샌드백

두드려 맞는 게 일이다
아프다는 비명도 없다
속으로 피멍이 드는지 몰라도
겉은 매끈하다
권력자들이 매달아 놓고 친다는
노동자 농민 빈민들

청춘 일기

오피스텔에 세 들어 살았다
아직 결혼식을 올린 것은 아니지만
그곳이 우리의 신혼집이었다
우린 방을 집이라고 불렀다
아마 오래도록 그렇게 부를 거였다
변두리라 주변에 자연이 많았다
창밖에 개망초꽃이 아무렇게나 흔들리고
비가 오면 창턱에 빗소리도 내려앉았다
아침에 우린 날아오르는 새처럼
힘차게 알바 갔다 후줄근히 돌아왔다
가을마다 분꽃은 까만 씨를 맺었지만
우린 아기를 낳지 않기로 했다

지하도에서

서울 남부터미널 지하도
장님 한 분이
하얀 지팡이 앞세워
때때거리며 서 있다

사람들은 건장한 두 다리로
성큼성큼 걸어
계단을 오르는데

그는 계단 옆 구석에서
여울에 맴도는 풀잎처럼
맴돌고 있다

아무도 그에게
길의 방향을 말해 주지 않는다

나는
한곳에서 맴돌기만 하는 그 풀잎을
흘러가는 강에 놓아주었다.

눈부신 슬픔

어머니 돌아가시고 입관 전 염습할 때, 우린 우느라 목
놓아 우느라, 어머니 손가락에 끼어 있던 누런 금반지를
염습사가 빼가는 줄도 몰랐습니다 노역에 닳아 초승달처
럼 안쪽이 움먹 들어간 그 반지를 어머니 유품으로 챙겨
오지 못한 그날의 눈부신 슬픔이 오래도록 기억에 남아
있습니다

흰 쌀알

펑 하는 순간
뻥튀기는 두 배 세 배 제 몸을 부푼다

튀겨진 뻥튀기를
한주먹 쥐어 입에 털어 넣으면 달큼하지만

그래도 나는 뻥튀기보다
기계에 쏟아부을 때 밖으로 흘러나온
흰 쌀알이 좋다

쌀알에는 뻥튀기 같은 허세가 없다
작고 단단하다
이빨로 깨물면 오독하고 부서진다

그 단단한 저항이 좋다
벼가 남긴 하얀 사리舍利가 좋다

진도 아리랑

청천 하늘에는 잔별도 많고
우리네 가슴속에는 수심도 많다

이 진도 아리랑 가사가
청천 하늘엔 잔별도 많고
우리네 가슴속에는 희망도 많다
이렇게 바뀌었다

이게 무슨 진도 아리랑인가
새마을 운동 노래지

추석 무렵

참형을 기다리는 죄수처럼
수숫대가
머리에 붉은 양파망을 뒤집어쓰고 있다

밭둑에 새들이 모여
이제 곧 죽을 저 인간을 어디에 쓰나
혀를 끌끌 차고 있다

생수처럼 투명한 가을 하늘 아래
수수 모가지만 괴롭고 답답하다
차라리 빨리 목 떨어져
파란 가을 하늘 아래 눕고 싶다

자책과 위로

안 좋은 일로
내가 나를 위로하지 못하는데
뜨끈한 칼국수 한 그릇이 위로해 주었다

내가 나에게 너그럽지 못한데
코끝까지 매운 불짬뽕이 위로해 주었다

내가 나에게 웃어주지 못하는데
라면 국물에 소주 한 잔이 위로해 주었다

내가 나를 위로하기가 쉽지 않다
실수와 자책
끝없이 이어지는 못난 생각에
에라 모르겄다, 될 대로 되라는 생각이
위로해 주었다

가장자리

가장자리 다음은
벼랑
한 번 더 밀리면 끝
아우성 발버둥이 몰려 있는 곳
중심에서 멀어진 곳
중심은커녕 태생부터
가장자리 사람들
그래도 등 굽은 할머니가
아침마다 대문 밖
꽃에 물을 뿌려준다

노년

나이 들면서
세상을 방어하는 마음이 커진다

망설이고 재고 주춤대고
무슨 일을 하려다
지레 포기하고

그러면서 행동반경은 차츰 좁아지고
인간관계는 멀어져
이렇게 살아도 되나 싶지만

그럼 그렇게 살지 어떻게 살아
언제까지 바쁘게 들떠
생의 바깥을 겉돌 것인가

생의 초점을 다시 맞추어야 한다

이 가지 저 가지 과감하게 쳐내
성근 나무로
밤하늘 별빛을 안아야 한다

5부

그 노래

그 노래가
아직도 내 안에 맴돈다
녹음테이프 돌아가듯
오랜 세월이 흘렀음에도
잊히지 않고

동지가, 부용산, 광야에서, 그리고
그리워도 뒤돌아보지 말자, 던 꽃다지
거리에서 술집에서
때론 눈물로 때론 함성으로
불렀던 노래

그동안 세상은 왜색倭色 미색美色의 노래로 뒤덮여
내가 아는 노래는 갈수록 쪼그라들고
구석으로 밀려났지만
그 노래 잊지 않았다

산에 갈 때나
혼자 있을 때
안에서 돌아가는 녹음테이프 따라
조용히 불러보는 노래

언약의 노래
시련의 노래
청춘의 노래
치명적 사랑의 노래

아이들에게

갈수록 인생의 원이 작아지는 사람이 있고
점점 넓어지는 사람이 있다

아이들아, 이 땅의 약자인 아이들아
우린 원이 넓어지는 사람이 되자
공부하고 성찰하고 저마다 꿈을 키워
자신의 원을 넓히는 사람이 되자

세상은 우리에게 작게 살라고 한다
돈과 명예 출세 같은 것만
원 안에 담으라 한다
작고 좁게 이기적으로 살라 한다
승자독식의 사회에서 뒤처지지 않으려면
분투하고 경쟁하고 쟁취하라고 한다

그러나 아이들아

우린 자신의 원을 넓히는 사람이 되자
답을 찾는 사람이 되지 말고
질문을 구하는 사람이 되자

깊은 연민과 협력 자연과 생명을
그리고 무엇보다 평화와 신까지 포용하는
그리고 무엇보다 아름다움의 가치를 아는
멋진 사람이 되자

좁은 원의 사람은
갈수록 자신이 딛고 있는 땅이 줄어들어
▽으로 위태롭지만

원이 넓은 사람은 대지의 심장에 우뚝 서
비바람에도 끄떡없는 큰 나무가 되리니
아이들아, 우린 원이 넓은 사람이 되자

가해자

폭력을 전하는 뉴스 앞에서
너는 무감각하다

살인을 전하는 뉴스 앞에서
너는 무덤덤하다

사기와 강간을 전하는데
너는 그런가 보다 한다

강자들의 담벼락은 쳐다보지도 못하는
약자들 사이 일어난 일인데

너는 외면할 생각도 없이
외면해 버린다

사회구조가 폭력적일 때

혼자 잘 산다고 외면한다면
너도 어느새 폭력의 가해자다

상처의 연대

내가 만일 조직을 만든다면
상처의 연대를 만들고 싶다

노동자 농민 도시 빈민 같은
계급 계층의 조직이 아닌
무정부주의 사회주의 코뮤니즘 같은
이념 조직이 아닌
상처의 연대 조직을 만들고 싶다

삶이란 불에 덴 자국이 있는
상처 입은 약자들의 조직
가난 불화 열등감 장애 공권력의 폭력에
입은 상처

생의 마디마디에 새겨진
서로의 상처 내보이며

나만 이렇게 못나고 불행한 게 아니었구나
확인할 수 있는 조직

그리하여 서로의 상처 내보이며
눈물 흘리고 싶구나
그리하여 서로의 상처 쓰다듬으며
위로받고 싶구나

약한 것끼리
울음을 감추고 사는 것들끼리
조직을 만들어
이 세상 끈질기게 살아내고 싶구나

청춘 응원

청춘아
세상이 밤바다 같지?

불빛 한 점 보이지 않는 밤바다
캄캄 암흑에 상어가 나타날 것 같은
검은 물에 물귀신이 너울거릴 것 같은

어디로 노를 저어야 할지 모르겠는
아득하고 막막한 밤바다에
너의 튜브는 재수 없게 바람마저 빠지고

그렇다고 청춘아
약해지지 마
절망하지 마
젓다 보면 언젠가
어디엔가 가닿을 거야

어차피 인생은 밤바다에서
노 젓기이니까

진보에 대하여

단순함이 진보다
이 말은 간디의 말이다

약자의 편을 드는 것
이 말은 나의 말이다

강자는 자본처럼
자기 증식하는 힘이 있다
하지 말라고 해도
구르는 눈덩이처럼 돈이 불어난다

약자는 힘을 보태지 않으면
없어진다, 잔인한 희망에 시달리다
녹아 사라진다

젖은 낙엽

비 온 후
길바닥에 붙어 있는 젖은 낙엽
사람 발에 밟혀도
빗자루에 쓸려도
착 달라붙어 안 떨어지는 낙엽
나는 젖은 낙엽이 좋다
악착같이 달라붙어 있어서 좋다
포기하지 않고
끝까지 가는 사람이 좋다
춥지만
젖었지만
이따금 고개 들어
밤하늘 별 올려다보는 사람이 좋다

나무의 생존법

밑동이 잘리는 순간
나무는 살기 위해
잘려나간 부분을 잊는다
피 흘리는 상처에
오래 머물지 않는다
바람에 필사적으로 떠나보낸다
잘린 상처에서 흐르는 눈물을 보아라
분노로 끓어오르는 나뭇진을 보아라
그러나 이내
새로 돋는 파룻한 잎
끈적거리는 상처 마르지도 않았는데
풋풋한 생명의 싹 밀어올린다
떠난 것은 잊고
남은 것으로
나무는 새 삶을 도모한다

그냥 두어라

물은 물대로
흐르게 두어라

작은 민들레
키 큰 해바라기로 조작하지 마라

가지 마구 비틀어
분재하지 마라

참견이 심하면 싸움이 일어난다

사랑한다면
그냥 두어라

그냥 둘 수 없다면
사랑하지도 마라

그러니 그러지 않는다

그 사이
시대가 바뀌고
나이가 들었다
너나 나나 모두 약자의 처지
허위의식에 사로잡혀
강자인 척하지 않는다
보되 제대로 보고
쓰되 제대로 쓰고
말하되 제대로 말한다
그리고 의심나면 묻는다
빠르게 지나가는 것들 속에서
한 가지를 잡고
바탕이 보일 때까지 오래 궁구한다
무엇을 하든
사실을 외면하지 않는다
타는 불에서

장작을 빼낸다
그리하여 어떡해서든
놈들의 전력을 약화시킨다
한 생의 결실을 이룰 시기
그러니 허튼 짓 하지 않는다
그러니 그러지 않는다

상처들의 연대와 꿈의 평화

김현정(문학평론가, 세명대 교수)

1

조재도 시인은 1985년 5월 『민중교육』에 시 「너희들에게」 외 4편을 발표하여 등단한 뒤 15권의 시집을 상재하였다. 첫 시집 『교사일기』(1988)를 비롯하여 『침묵의 바다 파도가 되어』(1990), 『쉴 참에 담배 한 대』(1992), 『사십 세』(1995), 『그 나라』(1999), 『백제시편』(2004), 『좋은 날에 우는 사람』(2007), 『사랑한다면』(2012), 『공묵의 처』(2014), 『소금 울음』(2016), 『좋으니까 그런다』(2020), 『산』(2021), 『어머니 사시던 고향은』(2023) 등을 펴낸 것이다. 올해로 등단한 지 거의 40년이 되었으니 평균 2~3년마다 시집 한 권씩 발간한 것이다. '민중교육' 필화사건(1985)과 전교조 결성 참여(1989)로 인해 두 차례 해직을 당했고, 이후 복직하여 퇴직을 한 지금에도 그는 여전히 자신이 꿈꾸던 아이들과 청소년들이 평화롭게 살아가는 세상을 위해 끊임없이 묵묵히 실천하고 있다. 시 이외에도 소설, 동

시, 동화 등 다양한 창작을 통해, 그리고 '함께(청소년)평화모임'(2012년 결성) 활동을 통해 아이들과 청소년들이 경쟁보다는 상생으로, 이기심보다는 이타심으로, 혼자보다는 함께 나아갈 수 있는 길을 모색하고 있는 것이다.

16번째에 해당되는 이번 시집은 제목부터 범상치 않다. '약자를 부탁해'이다. 물론 그의 시적 여정이 늘 약자를 위한 삶에 놓여 있었지만, '약자'를 제목으로 부각시킨 것은 이번이 처음이다. 시인은 80편의 시에 약자들의 애환을 비롯하여 약자들을 위한 삶을 경의의 시선으로 담아내고 있다. 특히 5부에는 약자에 대한 그의 시 세계가 응축되어 있음을 볼 수 있다. "단순함이 진보다/ 이 말은 간디의 말이다// 약자의 편을 드는 것/ 이 말은 나의 말이다// 강자는 자본처럼/ 자기 증식하는 힘이 있다/ 하지 말라고 해도/ 구르는 눈덩이처럼 돈이 불어난다// 약자는 힘을 보태지 않으면/ 없어진다, 잔인한 희망에 시달리다/ 녹아 사라진다"(「진보에 대하여」)라고 한 데서 그가 왜 '약자'의 편에 서려고 하는지를, 왜 '약자'를 위한 삶을 살려고 하는지를 어렵지 않게 느낄 수 있다.

2

조재도의 시는 난해하지 않다. 전통적인 시적 의장意匠에 치중하지 않고, 자신의 전하고자 하는 메시지에 중심을 두고 있기 때문이다. 1980년대 부조리한 현실을 비판하는 데 주로 쓰인 비판적 리얼리즘의 창작방법을 일관되게 보여준다. 그리하여 그의 시는 독자에게 비교적 쉽게 다가온다. 그렇다고 하여 그의 시가 가벼운 것은 아니다. 자신의 경험을 바탕으로 한, 체화된 내용을 진솔하고 담담하게 전하고 있기 때문에 오히려 묵직하게 다가온다. 시인은 이 묵직함을 이전의 시와 다른 참신함으로, 경직된 분위기가 아닌 익살스럽게 묘사한다.

나이 들수록
세월에 마모된 날카로운 이빨에
혀가 자주 씹힌다
입이라는 한집에
세 들어 살면서
혀에 대한 이빨의 괄시가 심하다
이눔아 너무 그러지 마라
나중에 너는 다 빠지고
혀만 남으니

－「혀」 전문

치아와 혀의 관계를 통해 공생 관계의 중요성을 유머 있게 표현하고 있는 시이다. 우리가 음식을 먹을 때 종종 경험하는, 혀가 씹히는 모습을 나이듦에 따라 점점 날카로워지는 "이빨의 괄시"에 의한 것이라는 참신함을 보여주고 있다. "이눔아 너무 그러지 마라/ 나중에 너는 다 빠지고/ 혀만 남으니"라는 경고 아닌 경고를 하는 모습에 독자들은 무장해제 되면서 '공생 관계'의 의미를 되새겨보게 된다. 강자와 약자의 이분법적 구도를 자연스럽게 평화로운 '공생'의 장으로 이끌고 있는 것이다.

시인은 먼저 '지금 여기'의 부조리한 현실을 목도한다. 학생들을 가르치고, '삶의 문학' 동인 활동을 하며 경험했던, 강자들에 의해 민초들이 고통을 받아야만 하는 불합리한 현실이 40여 년이 지난 오늘날에도 여전히 지속되고 있는 광경을 본 것이다.

제 목을 사자에게 내어주고
서서히 늘어지는 톰슨가젤
살아남은 동료들은 먼발치에서
촉촉한 눈으로 바라만 본다

오늘도 바닥난 통장 잔액
밀린 집세와 공과금 뭉치
죄송합니다, 메모 한 장 남기고
삶의 끈을 놓아버린 이들
헐떡이는 마지막 숨에
죽음을 재촉하는 찬비가 내리고

사자와 가젤을 1:1로 두는 이상 그곳은 정글

게임은 고사하고 애초부터
눈마저 마주칠 수 없는 피의 정글

죽긴 왜 죽어, 죽을 힘 있으면
약자들끼리 연대라도 해야지
(그러나 연대도 힘이 있어야 하는 것)

목숨을 다해 도망치다 목숨을 잃은
톰슨가젤
먼발치 아무 일 없다는 듯 다시 풀을 뜯는
피의 공화국

ㅡ「톰슨가젤」 전문

　　약자가 강자에게 먹히는 약육강식의 세계가 잘 드러나는 정
글의 법칙이 우리가 살고 있는 현실 세계에서도 그대로 이어
지고 있음을 보여주는 시이다. 밀림에서 약자인 톰슨가젤이
강자인 사자에게 잡혀 먹는 것처럼, '지금 여기'의 현실에서도
"오늘도 바닥난 통장 잔액/ 밀린 집세와 공과금 뭉치/ 죄송합
니다. 메모 한 장 남기고/ 삶의 끈을 놓아버린" 세 모녀의 모습
이 등장한다. 살아남은 톰슨가젤의 동료들이 먼발치에서 죽
어가는 톰슨가젤을 "촉촉한 눈"으로 보고 이후 "아무 일 없다
는 듯 다시 풀을 뜯는" 것처럼, 우리 또한 목숨을 끊은 세 모녀
를 연민의 시선으로 바라보며 "죽긴 왜 죽어, 죽을 힘 있으면"

더 악착같이 살아야지 하며 안타까워하면서도 이후 아무 일 없다는 듯 자신의 일상으로 돌아가는 모습을 보여준다. 강자와 약자를 1:1로 두는 이상 '피의 정글', '피의 공화국'이 지속적으로 이어질 것이라는 비관적 전망까지 내놓는다.

전쟁에 대해서도 부정적인 시선을 내비친다. 현재 러시아와 우크라이나, 이스라엘과 팔레스타인 간의 전쟁이 한창 진행되고 있다. 이 전쟁에서도 약육강식이 그대로 적용되고 있음을 볼 수 있다. 시인은 "전쟁을 기획하는 자들은/ 살아남겠지// 무기를 파는 전쟁 장사치들은/ 돈을 벌겠지// 무기력한 약자들만 피를 흘리며/ 전쟁을 수행하지만/ 죽으며 고꾸라지며 흘리는/ 붉은 피로 비명으로/ 저들의 과오를 씻을 수 있을까"(「SNS 시대」)라고 하여, 전쟁으로 인해 약자들이 희생되는 현실을 안타까운 시선으로 보고 있다. 말미에 가서는 '전쟁광'들의 과오는 씻을 수도 없고, 용서할 수도 없다고까지 단언하기도 한다. 평화를 깨뜨리는 전쟁에 대해 시인은 강하게 비판하고 있는 것이다.

'지금 여기'의 부조리한 현실, 불합리한 현실을 드러낸 시인은 곳곳에 보이는 강자와 약자의 다양한 양태를 표출한다. 시인은 근육/알통, 바윗덩이/나무뿌리, 고객/알바생, 생수/수돗물, 대형서점/독립서점, 군화/흰 고무신, 쌀/왕겨 등으로 치환하여 시로 형상화하고 있다.

잘 다듬어진 근육에 비해

알통은 약자다

헬스장 전문 트레이너에 관리되는
세련된 근육은
막노동에 울퉁불퉁 제멋대로 솟은
알통에 비해 강자다

그러나 근육은
풍선처럼 부풀었다 빠지면 쭈글댄다
알통은 부릉부릉 생활의 전기톱을 돌린다

근육은 보여주기 위한 것이지만
알통은 삶의 구릿빛 생존이다

－「알통」 전문

　일반 근육과는 다른, 생존을 위해 생긴 '알통'에 대한 단상을
보여주는 시이다. 헬스 전문 트레이너에 의해 만들어진 '세련
된' 근육과 노동으로 다져진 '울퉁불퉁' 솟은 알통의 비교를 통
해 강자強와 약자弱의 관계를 엿볼 수 있다. 여기에서 시인은
세련된 근육을 지닌 강자보다는 알통을 지닌 약자에게 긍정적
인 시선을 보낸다. 남에게 보여주기 위한 근육은 "풍선처럼 부
풀었다 빠지면 쭈글"대지만, "삶의 구릿빛 생존"에 의해 만들
어진 알통은 "생활의 전기톱"을 돌리는 에너지가 된다고 말이

다. 이처럼 시인은 일상적 소재인 근육과 알통을 통해 보여주기 위한 것과 생존을 위한 것의 차이, 강자와 약자의 관계를 표출하고 있는 것이다.

왜 책방 이름이
허송세월이냐고 묻자
청년의 귀밑이 빨개졌다

등단은 염두에 두지 않고
소설을 쓴다고 했다

독립서점이라는데
일주일에 오육일
문이 닫혀 있다

시내 대형서점은
인산인해인데

내려진 셔터 앞
동네 고양이가 조은다

　　　　　　　　　　　　　　　－「독립서점」 전문

위 시는 거대 자본을 바탕으로 한 대형서점에 비해 상대적으로 열악한 독립서점의 현실을 보여주고 있다. 대형서점은 인산인해를 이루는 데 반해, 독립서점은 한산한 모습을 보인다. '허송세월'이라는 제목에서도, 소설 쓴다고 일주일에 오육 일은 빠지는 모습에서도, 그리고 "내려진 셔터 앞/ 동네고양이가 조"는 광경에서도 생기가 있는 모습보다는 침울하고 쓸쓸한 분위기가 자리하고 있다. 대형서점에 비해 여러 면에서 상대적으로 열악할 수밖에 없는 독립서점의 안타까운 현실을 엿볼 수 있다.

시인은 이처럼 약자들의 삶을 한없는 연민의 시선으로 목도한다.

주머니 난로가 한 개밖에 없다

할머니, 이거 할머니 갖고 가
단발머리 소녀가 박꽃처럼 말하자

아녀, 니가 갖고 가, 어제보다 오늘이 훨씬 더 춰
좌판 장사 할머니가 말했다

서로의 심장을 어루만지는
간절한 눈빛

유리창에 영하 18도 추위가

허옇게 얼어붙어 있다

– 「주머니 난로」 전문

　열악한 현실 속에서도 서로를 배려하는, 따뜻한 마음을 엿볼 수 있는 시이다. 한 개밖에 없는 주머니 난로, 영하 18도의 추위에도 좌판 장사를 나가야만 하는 현실 등에서 약자들의 고통스런 삶을 읽을 수 있다. 이러한 약자들의 추위를 녹이는 것은 주머니 난로보다도 약자가 약자를 배려하는 마음이다. 할머니와 소녀의 "서로의 심장을 어루만지는/ 간절한 눈빛"을 통해 느낄 수 있다. 그리고 서울 남부터미널에서 만난 시각 장애인을 배려하는 모습도 보인다. 터미널 계단 옆 구석에서 "여울에 맴도는 풀잎처럼/ 맴돌고 있"는 시각 장애인에게 길의 방향을 알려준 것이다. "아무도 그에게/ 길의 방향을 알려주지 않는다"(「지하도에서」)라고 한 구절에서는 세상의 각박한 현실을 읽을 수 있다. 그런가 하면 시 「흉터」에서는 식당에서 조리하다 데인 많은 불의 흉터에 대해서도 연민의 감정을 느낄 수 있다. "돈이 찍어놓은/ 생활의 자국"인, "손목 팔뚝 손가락 손등"에 난 흉터투성이를 따뜻한 시선으로 바라보고 있는 것이다. 시 「투명 아파트」에서도 '현대판 고려장'이라 할 수 있는 요양원에 있는 노인들에 대한 연민의 시선을 보여준다. 외벽에 그려진, 평화롭고 행복한 그림과는 달리 내부는 거의 지옥과 같은 현실임을 드러낸다. "제발 나 좀 죽게 내버려 둬/ 노인들의 신음 소리", "죽고 싶어도/ 마음대로 죽을 수 없는/ 벌거벗은 생의 저주"라는 구절에서 노인들의 비참함과 슬픔을 느낄 수 있다. 이 외에 시 「흰 고무신」, 「화장실족族」, 「비닐 한 장」, 「수족관」 등에서도 약자들의 고통과 슬픔을 연민의 시선으로 위로하는 모습을 엿볼 수 있다.

이처럼 시인은 사람뿐만 아니라 다른 대상에 이르기까지 중심에서 밀려난, 쓸쓸하고 소외된 약자들에 대해 따뜻한 시선을 보내고 있다.

3

시인은 약자들을 연민의 시선으로 보는 것에 그치지 않는다. 강자와 약자 간 1:1의 한계를 잘 알고 있기 때문에 약자들의 연대, 상처받은 이들의 연대를 꿈꾸는 데로 나아간다. 시집 표제작인 「약자를 부탁해」에서도 이를 엿볼 수 있다.

약자가 강자에게 한 방 먹일 때
우린 벌떡 일어나 박수를 친다

약자의 펀치에 강자가 쓰러질 때
사람들은 묘한 쾌감에 젖는다
혁명도 권투도

홍길동도 그렇다

평소엔 개미처럼
보일락 말락 찌그러져 있는 약자들
떼를 이루면
코끼리도 뼈만 남는다

약자를 부탁해
그 누구도 아닌
약자인 너에게 약자를 부탁해

—「약자를 부탁해」 전문

시인이 이번 시집에서 하고자 한 말이 응축되어 있는 시이
다. 약자들은 "두드려 맞는 게 일"(「샌드백」)인 것처럼 당하고
사는 경우가 많다. 강자는 늘 이길 수도 없고, 넘어설 수도 없
는 대상으로 인식되어 왔다. 그런 상황에서 약자가 강자에게
"한 방 먹일 때" 약자들의 쾌감은 엄청난 것이다. 그 '한 방'의
방법 중 하나는 '떼(연대)'를 이루는 것이다. "보일락 말락 찌그러
져 있는 약자들"이 "떼를 이루면/ 코끼리도 뼈만 남"듯 강자들을
쓰러뜨리고, 넘어설 수 있음을 드러내고 있는 것이다. "혁명도
권투도/ 홍길동"도 그렇게 했듯 말이다. 이를 "그 누구도 아닌/
약자인 너에게 약자를 부탁"하고 있는 것이다. 시 「떼」에서도
이러한 염원을 담아내고 있다. "눈송이 하나의 가벼움// 벌 한

마리의 비행// 빗방울 하나의 하찮음// 흘린 쌀 한 톨// 풀잎에 맺힌 물방울 하나가// 떼!// 떼를 이루면// 사태, 봉기, 수마水魔, 함성, 질주가 된다"라고 한 데서 말이다. 떼의 힘을, 무서움을 보여주고 있다. 눈송이 하나는 가볍지만, 눈이 뭉치면, 눈이 많이 쌓이면 사태가 나고, 벌 한 마리의 비행은 치명적이지 않은데, 벌떼처럼 달려들면 봉기가 된다. 빗방울 하나는 하찮지만, 빗방울이 많이 모이면 수마水魔가 되어 엄청난 힘을 발휘하고, 쌀농사 짓는 농부 한 명의 목소리는 작지만, 그들이 모이면 커다란 함성이 되기도 한다. 이처럼 약자 개개인의 힘은 약하지만, 그 뜻이 모이고 떼를 이루면 커다란 힘이 된다는 사실을 보여주고 있다. 시「속수무책」도 같은 맥락에서 읽을 수 있다. "파고드는 나무뿌리에/ 바윗덩이도 속수무책// 기어오르는 담쟁이덩굴에/ 높은 담벼락도 속수무책"이라고 한 데서 불가능할 것 같은 것도 연대를 통해 이룰 수 있음을 암시하고 있다.

시인이 궁극적으로 이루고 싶은 염원은 '상처의 연대'라 할 수 있다.

내가 만일 조직을 만든다면
상처의 연대를 만들고 싶다

노동자 농민 도시 빈민 같은
계급 계층의 조직이 아닌
무정부주의 사회주의 코뮤니즘 같은

이념 성향의 조직이 아닌
상처의 연대 조직을 만들고 싶다

삶이란 불에 덴 자국이 있는
상처 입은 약자들의 조직
가난 불화 열등감 장애 공권력의 폭력에
입은 상처

생의 마디마디에 새겨진
서로의 상처 내보이며
나만 이렇게 못나고 불행한 게 아니었구나
확인할 수 있는 조직

그리하여 서로의 상처 내보이며
눈물 흘리고 싶구나
그리하여 서로의 상처 쓰다듬으며
위로받고 싶구나

못난 것끼리
울음을 감추고 사는 것들끼리
조직을 만들어
이 세상 끈질기게 살아내고 싶구나
                    －「상처의 연대」 전문

"상처의 연대"를 꿈꾸고 있음을 보여주는 시이다. "노동자 농민 도시 빈민 같은/ 계급 계층의 조직"도 아니고 "무정부주의 사회주의 코뮤니즘" 같은 "이념 성향의 조직"도 아닌, "상처의 연대 조직"을 만들고 싶은 염원을 표출하고 있다. 그것은 "상처 입은 약자들의 조직"이다. "가난 불화 열등감 장애 공권력의 폭력에/ 입은 상처"들을 치유할 수 있는 조직이고, "서로의 상처"를 보고 "나만 이렇게 못나고 불행한 게 아니었구나"라고 확인할 수 있는 조직이며, "서로의 상처"를 보고 위로해주고, 쓰다듬어주는 조직이다. 이를 통해 "못난 것끼리/ 울음을 감추고 사는 것들"끼리 어우러져 세상을 좀 더 끈질기게 살고 싶은 소망을 드러내고 있다.

또한 그는 아이들과 청소년이 평화롭게 살아가길 꿈꾸고 있다.

갈수록 인생의 원이 작아지는 사람이 있고
점점 넓어지는 사람이 있다

아이들아, 이 땅의 약자인 아이들아
우린 원이 넓어지는 사람이 되자
공부하고 성찰하고 저마다 꿈을 키워
자신의 원을 넓히는 사람이 되자

세상은 우리에게 작게 살라고 한다

돈과 명예 출세 같은 것만
원 안에 담으라 한다
작고 좁게 이기적으로 살라 한다
승자독식의 사회에서 뒤처지지 않으려면
분투하고 경쟁하고 쟁취하라고 한다

그러나 아이들아
우린 자신의 원을 넓히는 사람이 되자
답을 찾는 사람이 되지 말고
질문을 구하는 사람이 되자

깊은 연민과 협력 자연과 생명을
그리고 무엇보다 평화와 신까지 포용하는
그리고 무엇보다 아름다움의 가치를 아는
멋진 사람이 되자

좁은 원의 사람은
갈수록 자신이 딛고 있는 땅이 줄어들어
▽으로 위태롭지만

원이 넓은 사람은 대지의 심장에 우뚝 서
비바람에도 끄떡없는 큰 나무가 되리니
아이들아, 우린 원이 넓은 사람이 되자

원이 커지는 사람이 되자고 아이들에게 당부하는 시이다.
이 시는 40년 전에 발표한 시 「너희들에게」의 연장선 상에 놓
인 작품이라 할 수 있다. 원이 작게 살기를 원하는 세상에서
탈피하여 원을 크게 그리는 삶을 살라고 권유한다. "돈과 명
예 출세"를 추구하고 "작고 좁게 이기적"으로 살아가는 삶을
희구하는 것이 아니라, 자신의 꿈과 가치를 욕망하고, 크고 넓
게 이타적으로 살아가는 삶을 살라고 노래하고 있다. 주어진
답을 찾는 것이 아니라 질문을 구하는 사람이 되고, "연민과
협력과 자연과 생명"을, 그리고 "평화"를 갈망하는 사람이 되
길 원하고 있다. "비바람에도 끄덕없는 큰 나무"가 되라고 당
부하고 있다.

시인의 이러한 소망은 인위적으로 만들어지는 것이 아니라
개개인의 고유성을 살려주는, 자연스러움에서 가능하다. 시인
이 "물은 물대로/ 흐르게 두어라// 작은 민들레/ 키 큰 해바라기
로 조작하지 마라// 가지 마구 비틀어/ 분재하지 마라"(「그냥 두
어라」)라고 노래한 것처럼 말이다.

80년대 '민중시'의 계보를 잇는 시집

평화지대(서평가)

약자는 자기 힘과 능력만으로는 자신을 보존할 수 없는 생명체를 말한다. 약자는 강자와 함께 한 사회를 이룬다. 그래서 약자 앞에는 사회적이라는 말이 늘 따라붙는다. 인류의 역사를 살펴보면 사회적 약자는 강자로부터 늘 침탈을 받았다. 강자들이 갖는 힘과 능력이란 다름 아닌 약자들을 침탈하는 데서 나오기 때문이다.

조재도 시인은 이번 시집에서 바로 힘없고 능력 없는 사회적 약자에 주목하고 있다. 이는 아마도 그의 시 세계가 대중적 세계관에 기반을 두고 있기 때문일 터, 시의 지향점이 자기 자신의 관념이 아니라 사회적 변혁적 공동체적 가치에 두고 있기 때문일 것이다.

그리하여 시집 맨 첫머리에 표제시로 나오는 「약자를 부탁해」는 이 시집의 '서시'와 같은 성격을 갖는다. 시의 마지막 연 "약자를 부탁해/ 그 누구도 아닌/ 약자인 너에게 약자를 부탁해"는 약자의 처지를 아는 것은 바로 약자이기에, 힘없고 능력

없는 약자를 부탁할 곳은 그 누구도 아닌 약자일 뿐이라는 사실을 적시하고 있다. 이는 무엇인가? 바로 약자는 약자끼리 '연대'하여 강자들의 침탈에 맞서야 한다는 것이다. 그런 면에서 이번 그의 시집은 저 찬란한 시의 시대라 하는 1980년대 '민중시'의 계보를 잇고 있다 할 것이다.

이 시집에서 우리의 눈길을 잡아끄는 것은 다음 세 가지이다. "중립의 평화지대"(「수직」)와 "원"(「아이들에게」) 그리고 "사실"(「그러니 그러지 않는다」)이다. 중립이란 결국 평화의 사상을 말한다. 원은 성숙한 한 인간의 자기 세계의 범주, 그리고 사실은 세상 모든 위선과 허위를 벗어난, 의심나면 묻고, 제대로 보고 제대로 쓰고 제대로 말하는 것으로, 이 시집의 키워드에 해당한다고 할 수 있다.

그의 시는 약자들의 처지에 대한 객관적 묘사와 재현의 차원을 넘어 능동적인 반성과 자각 실천의 차원에까지 끌어올린다. 자의식에 갇혀 자기 방언과 같은 의미 모호한 시들이 횡횡하는 시대에, 이 시집은 시가 왜 약자들에게 필요한지 시의 사회적 역할이 무엇인지를 제시한다.